.... 님께

잊지 마세요.

지금 여기에서 이미 우리는 행복합니다.

행복을 선택한 나는 꽤 근사합니다.

나의 행복을 위해

지금 여기를

즐겁고 재미있게 열심히 살겠습니다.

당신에게 행복을 선물하겠습니다.

고맙습니다.

.... 드림

아들러의 행복과 긍정 메시지 99

오늘, 행복을 쓰다

아들러의 행복과 긍정 메시지 99

오늘, 행복을 쓰다

초판 1쇄 발행 2015년 8월 20일
초판 62쇄 발행 2022년 11월 30일
개정 1쇄 인쇄 2024년 3월 22일
개정 1쇄 발행 2024년 4월 2일

글 | 김정민
캘리그라피 | 배정애
펴낸이 | 金湞珉
펴낸곳 | 북로그컴퍼니
주소 | 서울시 마포구 와우산로 44(상수동), 3층
전화 | 02-738-0214
팩스 | 02-738-1030
등록 | 제2010-000174호

ISBN 979-11-6803-010-7 03810

필사의 발견

오늘, 행복을 쓰다

아들러의
행복과 긍정
메시지 99

김정민 글 · 배정애 캘리그라피

북로그컴퍼니

아들러가 그녀에게 준 행복을 그대들도 맛보기를

박예진 (한국아들러협회 회장, 아들러코리아 대표)

아들러 심리학을 쉽게 풀어 쓴《미움받을 용기》가 큰 호응을 받은 것을 시작으로 우리나라에 아들러 심리학 열풍이 불고 있다. 1870년에 오스트리아에서 태어나, 부자보다는 가난하고 소외된 사람들의 마음과 몸의 건강 그리고 행복을 위해 평생을 바친 정신과 의사 아들러. 미국을 비롯한 서구 지역과 일본에서는 일찍이 아들러 심리학에 대한 연구와 대중화가 이루어졌지만 우리나라에서는 유독 프로이트에 가려 빛을 보지 못했던 심리학자가 바로 아들러다.

나는 '아들러코리아' 대표이자 '한국아들러협회' 회장으로서 1990년대부터 아들러 심리학의 대중화와 기업, 일반인들 상담에 그의 이론을 접목해왔기에 지금의 아들러 열풍이 누구보다 반갑다. 그렇지만 왜 지금 아들러 심리학 열풍이 불고 있는지는 되짚어볼 필요가 있다.

이는 우리나라를 비롯한 동양권 문화와 깊은 관련이 있다고 본다. 특히, 우리나라는 자신을 내세우지 않는 겸손한 생활양식과 예의범절을 선으로 여긴 탓에 늘 남의 시선과 평가, 안목을 중요시하며 살아왔다. 자신의 주관적 판단과 자신을 중심에 놓고 사고하는 것은 이기적인 행동이라는 인식이 강했다. 그러는 동안 우리는 안으로 곪고 있었다. 오죽하면 1995년 미국정신의학회에서 '화병(Hwa-byung)'을 한국인에게만 나타나는 질병으로 'Anger Syndrome(분노증후군)'에 등재까지 했을까.

이기적인 것과 개인적인 것은 엄연히 다름에도, 나보다는 남을 우선시하는 생활의 연속은 개인을 억압하고 심리적 압박을 주어 결국은 우리를 행복하지 못하게 했다. 그렇기 때문에 내 삶의 주인은 나이고, 내 삶의 목표와 생활양식 역시 내가 선택하고 책임지는 것이며, 남의 시선을 두려워하지 말아야 행복해진다는 아들러의 주장이 지금의 우리들에게 힘과 용기를 주고 있는 것이다.

아들러 심리학의 목적은 한 개인의 삶을 긍정적이고 행복하게 만드는 데 있다.

아들러에 의하면 인간은 집단에 소속되어 사회적 문제를 해결하고자 하는 사회적 존재(Social Being)이며, 자신의 행복을 추구하는 것 역시 타인을 돕고자 하는 방식으로 드러난다고 했다. 궁극적으로 개인의 진정한 행복 추구가 바로 타인에 대한 배려와 상호 존중의 공동체 의식으로 발전한다는 것이다. '내'가 먼저 행복해야 사회가 행복해진다는 뜻이다.

여기, 심리학자도 아니고 아들러 전문가도 아닌 한 아이의 엄마이자 출판사를 운영한 지 6년이 된 마흔 중반의 워킹우먼이 만난 아들러의 이야기가 있다. 사업을 한다는 것이 쉽지 않은 일임은 누구나 아는 사실이다. 입시를 앞둔 자녀를 양육하는 것도 녹록지 않은 일이다. 불안한 노년을 대비해야 한다는 중년의 중압감 역시 그 무게가 만만치 않다. 여러 문제들이 한꺼번에 엄습해오면 불안하고 우울해지는 건 어쩌면 당연한 일일 수도 있다.

그랬던 그녀가 아들러를 만나면서 삶의 긍정성과 행복, 그리고 희망을 보았다고 고백한다. 얽히고설킨 진흙 같은 삶의 여정에서 진주를 캐낸 듯, 실마리가 풀렸다고 고백한다. 그리고 그 어둠의 터널을 잘 빠져나온 자신이 고맙고 대견하다고 고백한다. 아들러의 긍정과 행복의 메시지가 한 아이의 엄마, 비전을 제시해야 하는 CEO, 그리고 행복할 권리가 있는 한 인간으로 살아가야 하는 그녀에게 삶의 해법을 주었던 것이다.

아들러의 책은 아들러 자신이 직접 쓴 글이 아니다. 연설과 강연 등에서 한 이야기들을 제자와 주변 사람들이 엮어 책으로 출판한 것이기 때문에 글이 쉽지 않고 중복된 이야기도 많다. 그리고 행간에 숨은 뜻이 제대로 전달되지 않는 경우도 많다.

아들러의 책 십여 권을 집중적으로 읽고 공부한 저자는 좋은 글을 노트에 써 내려갔다. 뿐만 아니라 아들러가 직접 말하지 않았으나, 그 행간에 녹아 있던 보석 같은 귀한 메시지들을 캐내어 자신만의 언어로 노트에 한 자 한 자 함께 기록했다.

나는 아들러 심리학은 읽는 것만으로는 내 것이 되지 않는다고 생각한다. 자신이 얻은 지혜와 깨달음을 삶 속에서 융화시키려면 꾸준한 자기 성찰과 수행이 필요하다는 것을 알기 때문이다. 《오늘, 행복을 쓰다》의 저자는 몇 달 전부터 아침마다 108배와 명상을 통해 꾸준한 자기 성찰을 한다고 한다. 박수 쳐주고 격려해줄 만한 일이다. 꾸준한 자기 성찰이 있었기에 책으로 만난 아들러 심리학 이론이 그녀의 삶 속으로 깊이 들어올 수 있었고, 결국 긍정적이고 행복한 삶이 가능해졌으리라.

그녀는 자신 혼자만 행복한 것에 머물지 않고 다른 이들과 함께 행복해지기를 바란다. 그래서 그녀를 살리고 힘을 내도록 용기를 준 아들러의 글과 자신이 깨달은 지혜를 모아 필사 형식의 책으로 엮었다 한다. 아들러가 말한 사회적 관심과 타인 공헌이 떠오르는 대목이다.

그녀가 용기를 내고 행복하게 살도록 큰 힘이 되어준 아들러를 그대들도 만나기를! 그녀가 깨달은 아들러의 지혜를 직접 써보면서 그대들의 것으로 만들기를 진심으로 바라고 응원한다!

지금 여기, 오늘의 행복을 선택하다

조금 알고 지내던, 그다지 매력적이지 않던 이성을 20여 년이 지난 뒤 우연히 만났는데 근사한 모습이라면 어떤 기분이 들까? 지난해 겨울, 나는 한 권의 책을 통해 25년 만에 알프레드 아들러와 재회했다. 대학 전공시간에 잠시 스쳐 지나가듯 만났던 아들러는 심리학의 거장인 프로이트 이론에 맞서는 변방의 심리학자 정도였다. 프로이트가 말한 무의식, 방어기제, 트라우마 등등의 단어는 시간이 흘러도 뇌리에 남았지만, 아들러가 말한 것들은 내 기억에서 송두리째 지워져 있었다.

하지만 한 권의 책이 한 사람의 인생을 바꾼다는 말이 있듯이, 40대에 책을 통해 만난 아들러는 내게 적잖은 울림과 설렘을 주었고, 아들러에 대해 더 알고 싶다는 강한 자극을 남겼다. 이후 나는 국내에서 출간된 아들러 심리학 설명서와 아들러 심리학 번역서, 그리고 국내에 번역 출간되지 않은 원서 등 십여 권의 책을 미친 듯이 읽었고, 아들러 학파 관련 웹 사이트의 자료를 보면서 가슴에 담아두고 싶은 글을 노트에 써 내려갔다. 그렇게 반년쯤 하고 나니, 그의 글들이 내 안에서 내 언어로 체화되기 시작했고, 나의 삶에 긍정적인 영향과 변화가 찾아오는 것을 느끼게 되었다.

읽다.

쓰다.

마음에 새기다.

내 마음과 삶이 조금씩 변하다.

고백하건대, 내가 아들러를 만났던 지난가을은 내 안의 우울감과 불안, 열등감을 떨치려 부단히 애쓰며 그 터널 끄트머리에 서 있을 때였다. 한 발만 내딛으면 어둠을 벗어나 따스한 햇볕을 만날 수 있는 그 자리. 그러나 한 발 내딛기가 생각만큼 쉽지는 않았다. 아들러가 말한 우울과 불안을 핑계 삼아 현실의 문제들을 피하고 싶었는지도 모른다.

그때 아들러를 만났다. 뒤통수를 맞는 느낌이었다. 회사를 운영하면서 겪는 여러 문제들도, 인간관계의 크고 작은 갈등도, 중년에 접어들면서 느끼는 막연한 두려움도, 대입에 실패한 아들의 장래에 대한 불안도 결국은 내 마음에서 비롯된 것이고 내가 선택한 걱정꾸러미였음을 인정할 수밖에 없었다. 너무나 정확히 간파당했기 때문에 더 이상은 남 탓, 환경 탓, 외부 탓을 할 수 없었다.

아들러 심리학에서 지겹도록 반복되는 열등감, 우월성 추구, 목적론, 목표, 허구적 최종 목표, 주체성, 창조성, 인생의 과제, 사회적 관심, 타인 공헌, 협력, 과제의 분리, 인정욕구, 생활양식, 자기 수용 등의 단어들이 머릿속뿐만 아니라 가슴에 와 닿았다. 그리고 하나씩 되짚기 시작했다.

나와 회사 그리고 아들의 열등감과 단점은 무엇일까?

내 삶과 회사의 목표는 무엇이었을까?

내 삶의 허구적 최종 목표는 무엇일까?

나는 내 삶의 주인이 되어 살아가고 있는가?

나는 인생의 과제를 잘 수행하고 있는가?

나는 사회적 관심을 가지고 살아가는가?

나와 회사는 사회에 공헌을 하는가?

다른 사람의 인생, 특히 아들의 삶에 간섭하려 하지 않았나?

내 생활양식은 긍정적인가? 생활양식과 목표가 잘못된 것은 아닐까?

수정해야 한다면 무엇부터 시작할까?

많은 것을 점검했고 변화를 위한 시동을 걸기 시작했다. 그 과정이 녹록하지 않았지만, 포기하고 싶지 않았다. 나는 '오늘의 행복'을 선택했고, 그 행복은 '지금 여기'를 살아가는 내가 꾸려 나가야 할 내 인생 과제임을 알게 되었기 때문이다.

아들러를 읽고 그 매력에 빠지다 보니 사실 아들러의 주장은 우리 생활 곳곳에 있어왔다는 것을 새삼 깨달았다. 오래전 인기를 얻었던 임상아 씨의 〈뮤지컬〉 가사에는 아들러의 여러 메시지가 들어 있다.

내 삶을 그냥 내버려 둬. 더 이상 간섭하지 마. ⋯→ 과제의 분리

내 뜻대로 살아갈 수 있는

나만의 세상으로 난 다시 태어나려 해. ⋯→ 주체적 존재

다른 건 필요하지 않아. 음악과 춤이 있다면. ⋯→ 인생의 목표

난 이대로 내가 하고픈 대로 날개를 펴는 거야. ⋯→ 목적론적 존재

내 삶의 주인은 바로 내가 돼야만 해. ⋯→ 주체적 존재

이젠 알아. 진정 나의 인생은 진한 리듬

그 속에 언제나 내가 있다는 그것. ⋯→ 허구적 최종 목표, 지금 여기의 중요성

나 또다시 삶을 택한다 해도 후회 없어.

음악과 함께 가는 곳은 어디라도 좋아.

또 다른 길을 가고 싶어. 내 속의 다른 날 찾아.

저 세상의 끝엔 뭐가 있는지 더 멀리 오를 거야.

아무도 내 삶을 대신 살아주진 않아.

이 책은 심리학자가 쓴 것도 아니고, 번역서도 아니다. 그저 아들러에 푹 빠진, 그야말로 아들러에 미친(美親) 한 사람이 아들러의 주옥같은 말, 그가 사람들에게 전하는 행복과 긍정의 메시지를 좀 더 쉽고 실용적인 글로 풀어 쓴 것을 필사 책 형식으로 엮은 것이다.

필사를 해도 좋고 아무것도 안 써도 괜찮다. 떠오르는 자신의 생각이나 다짐

등을 써도 좋다. 그러나 이왕 돈을 지불하고 책을 샀으니 돈 값을 하는 게 낫지 않을까? 책의 여백에 낙서를 해도 좋다. 그것조차 당신 안에서 나오는 의미라는 것을 알기 때문이다.

(크리스천인 아들러의 이론 속 많은 메시지들이 붓다의 가르침 중 해탈을 얻기 위한 마음공부와 상당 부분 맞닿아 있었다. '진리는 하나로 통한다'는 말은 정말 진리인 듯하다.)

짧은 글과 그 행간에 담긴
내가 느낀 행복과 긍정의 에너지를
그대들도 흠뻑 맛보기를 바라며.
2015년 8월 김 정 민

· 차례 ·

행복을 쓰다

행복을 새기다

행복을 느끼다

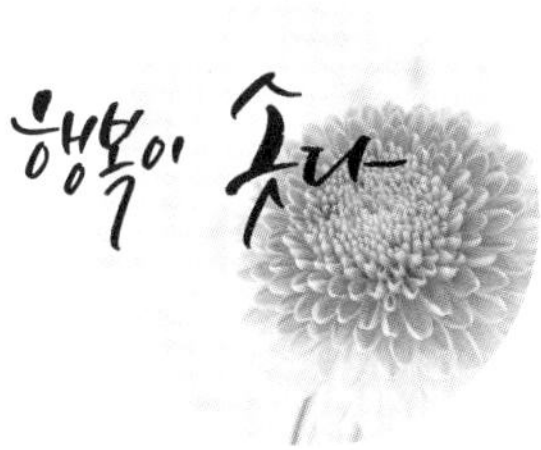

하나

행복을 읽다

인생의 의미는 내가 부여하는 것

"인생의 의미는 무엇입니까?"

이 질문에 나는 이렇게 답했다.

"인생의 의미를 일반적으로 규정할 수는 없다.

따라서 '이것이다'라고 정해진 바도 없다.

그것은 스스로가 자기 자신에게 부여하는 것이다.

당신 인생의 주인은 당신이기 때문이다."

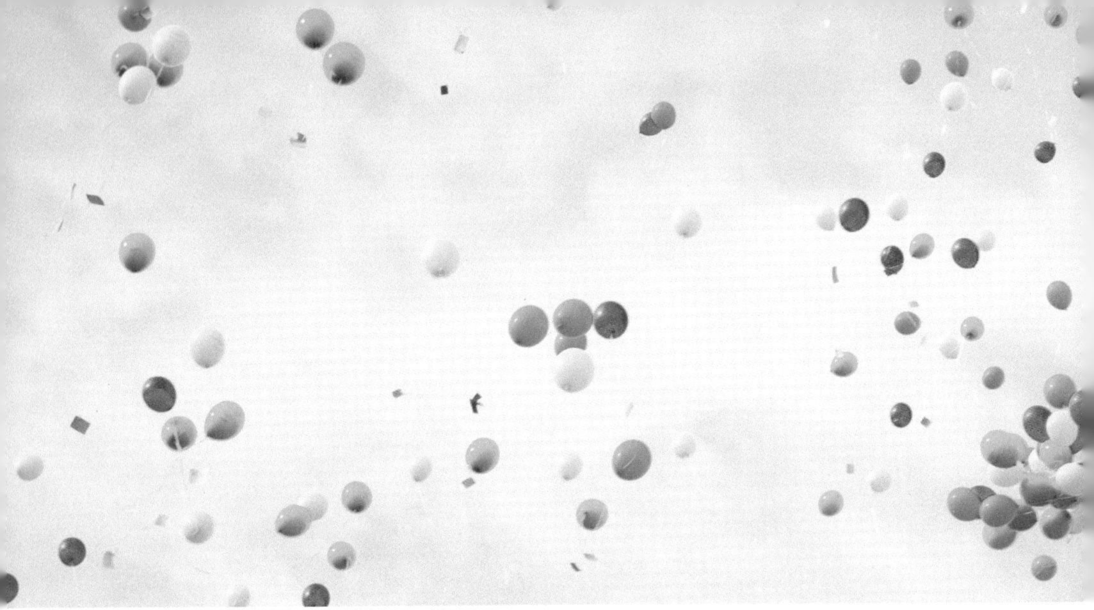

운명을 창조할 자유

인간은 성장 배경, 과거 경험, 유전 등의
외부적 요인에 의해 운명 지어진 존재가 아니라
자신의 운명을 스스로 창조할 힘을 가진 존재다.

이 창조적 힘이 당신을 자유로운 사람으로 만든다.

우리는 스스로 운명을 창조하는
자유로운 존재다

행복과 불행 중 무엇을 그릴 것인가

과거에 일어난 일은 당신이 바꿀 수 없다.
다른 사람 또한 당신이 바꿀 수 없다.
그러나 현재와 미래, 당신 자신은 얼마든지 바꿀 수 있다.

세상사 모든 일은 마음먹기에 달려 있다.
슬프고 짜증 나는 일도 시각을 조금만 바꾸면
긍정적이고 희망적으로 다가온다.
어차피 닥친 상황이고 헤쳐 나가야 할 일이라면,
긍정적으로 수용하고 적극적으로 행동해야 한다.

우리는 화가와 같다.
행복이란 이름의 그림을 그릴 것인지
불행의 그림을 그릴 것인지는 내가 선택하는 것이다.

경험의 해석

미래를
결정하는 것은
과거의
경험이 아니다.
그 경험을
당신이
어떻게 해석하는가가
미래를
결정한다.

지금 당신에게 일어난 일

주차장에 세워둔 당신 차를
불법 주차한 차량이 가로막고 있다면 어떻게 할 것인가?
독서할 시간을 벌었다고 생각하며
맘 편히 휴식 시간을 갖게 될 수 있다.
또는 화가 나서 발을 동동거리며 시간을 허비할 수 있다.

지금 당신에게 일어난 일을 어떻게 해석하고
어떻게 대처할 것인지는 당신이 선택하는 것이다.
그 선택에 따라 당신은
시간을 벌 수도 낭비할 수도 있다.

내가 성공한 이유

나는 선천적으로 허약했다.

구루병을 앓았고 폐렴에 걸렸다.

볼품없는 키와 외모에 시력도 나빠서

신체적 열등감이 무척 강했다.

그럼에도 불구하고 내가 성공할 수 있었던 이유는

남에게 뒤처져 있다는 생각에 자극을 받아

더 분발했기 때문이다.

그것 외에 다른 이유는 없다.

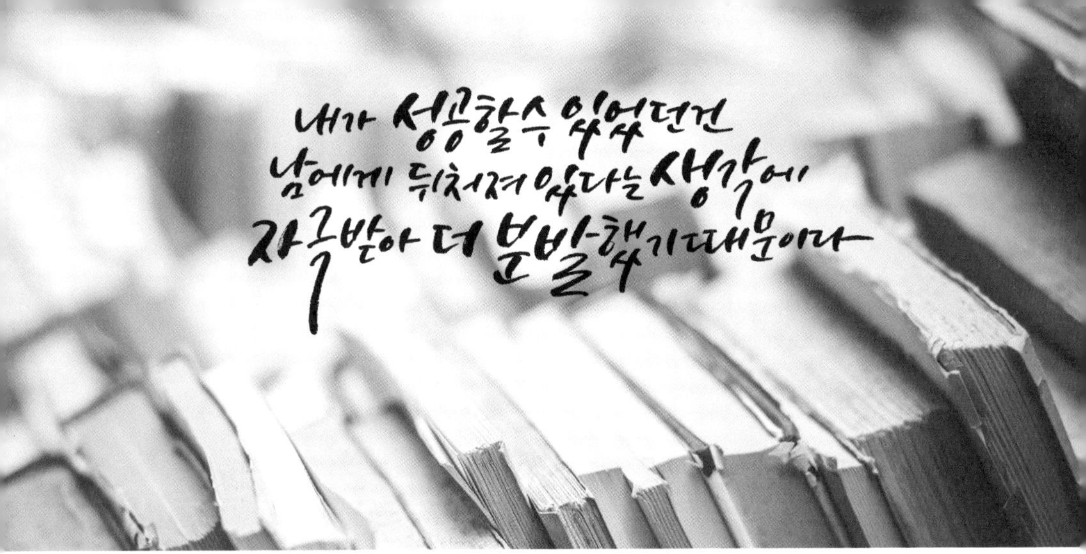
내가 성공할수 있었던건
남에게 뒤처져있다는 생각에
자극받아 더 분발했기때문이다

누구나 열등감을 갖고 있다

당신도 나처럼 열등감을 가지고 있는가?
그래서 괴로운가?
그러나 그것은 당신이 부족해서가 아니다.
정도의 차이는 있지만
모든 사람은 열등감을 가지고 있다.
천재나 영웅들도 열등감을 느낀다.
오히려 당신이 느끼는 열등감은
당신을 더 나은 상태로 향상시키는
자극제가 될 것이다.
바로 내가 그랬던 것처럼.

열등감에 무릎 꿇지 말아야 할 이유

우리 마음속에는 지금보다 나은 나,
지금보다 나은 미래에 대한 꿈이 있다.
그래서 더 나은 미래를 위해 노력하다 보면
누구나 열등감을 느끼게 된다.
'현재의 삶'은 내가 꿈꾸는 '미래의 삶'에 비해
초라해 보이기 때문이다.
'좀 더 나은 사람이 되고 싶다'거나
'지금보다는 나은 삶을 살고 싶다'는 바람이
열등감을 갖게 하는 것이다.

열등감은 초라하게 느껴지는 마음에서 생겨난다.
완벽해 보이는 사람도 더 큰 목표 앞에서는
열등감을 느낀다.
다른 사람과 비교해서 느끼는 열등감이 아니라
이상적인 내 모습과 비교해서 생기는 열등감은
건전한 열등감이다.
건전한 열등감 앞에서는 낙담하고 무릎 꿇을 필요가 없다.

열등감이 문화를 발달시킨다

열등감은 발전의 원동력이다.
과학과 문화예술은 인류가 스스로의 무지를 느낄 때,
그리고 차원 높은 미래에 대한
욕구가 생길 때 더욱 발전했다.

개인뿐만 아니라 인류 공동체 모두는
'자연'이란 거대한 존재 앞에 열등한 존재다.
그래서 그 부족한 부분을 메우기 위해
과학과 문화를 발전시키며 역사를 이어온 것이다.

결점을 극복한 사람들

위대한 업적을 남긴 사람들 중에는
신체적 장애를 갖고 있던 이들이 많다.
베토벤이나 고흐, 루즈벨트 등이 그렇다.
다른 사람보다 유전자가 열등하다는 것은
분명 결함 요소이다.
그러나 그것이 '할 수 없는 이유'가 되지는 않는다.
오히려 열악한 조건을 발판 삼아
다른 사람보다 더 노력하면
큰 업적을 이룰 수 있다.

다른 사람보다 열등하다는 것이
'할 수 없는 이유'가
되지는 않는다

인생의 목표는 등대와 같다

삶을 살아가는 동안 목표에 대한 지향점이 없다면
인간은 자신이 무엇을 해야 하는지 알지 못한다.
인생의 목표는 밤바다의 등대와 같고
낯선 길에 들어선 탐험가의 나침반과 같다.

당신의 인생 목표는 무엇인가?
그것은 인생이란 이름의 길을 걸을 때
길잡이가 되어줄 것이고,
인생이란 화폭에 그림을 그릴 때
밑그림이 되어줄 것이다.

내가 가는 곳을 안다는 것은

자신이 어디로 가고 있는지
알지 못한다면
당신은 결국 엉뚱한 곳에
이르게 될 것이다.

목적 없는 행동은 없다

인간은 '목적'에 의해 살아가는 존재다.
어린 아기가 우는 것은
배가 고프거나 어딘가 불편하기 때문이다.
아이들뿐만 아니라 어른들의 모든 행동에도
알게 모르게 목적이 내포되어 있다.
인간의 행동은 목적을 달성하기 위해
겉으로 드러난 표현 양식인 것이다.
행동뿐만 아니라
사고, 감정, 기분, 꿈 등 정서적 활동에도
고유한 목적이 담겨 있다.

목적은 감정도 지배한다

인간은 자신의 목적을 위해
감정을 사용하고 지배한다.
정말 슬퍼서 우는 사람도 있지만,
종종 눈물을 무기로 사용하는 사람들도 있다.
그들은 동정을 얻기 위해서
또는 주목받기 위해서 눈물을 흘린다.
만약 누군가 당신 앞에서 눈물을 흘린다면,
그의 감정 목적이 무엇인지 파악해야 한다.
그래야 그에게 휘둘리지 않고
당신 의지에 따라 결정하고 행동할 수 있다.

화를 내서 해결할 수 있는 문제는 없다

'화'는 단순한 감정 배출이 아니다.
화는 '내가 옳다'는 생각과
상대를 내가 바라는 대로 이끌고 싶은 욕구에서 비롯된다.
그러나 이 세상에서 언제나 옳은 사람은 없다.
또한 절대적으로 옳은 것도 없다.
옳음은 상대적이고 상황에 따라 변한다.

내가 옳다는 생각을 버리면,
화가 나지 않을 것이다.
화를 냄으로써 해결할 수 있는
인생 문제는 생각만큼 많지 않다.

내가 옳다는 생각을 버리면
화가 나지 않을 것이다
화를 냄으로써 해결할 수 있는
인생문제는 생각만큼 많지 않다

시간 부자와 시간 거지

시간을 절약하는 것은
생명을 연장하는 일이다.

우리에게는 하루 24시간이 똑같이 할당되었다.
부자의 하루도 24시간이고 거지의 하루도 마찬가지다.
학자의 하루도 24시간이고 학생의 하루도 그러하다.
그런데 어떤 사람은 하루를 48시간처럼 살고
어떤 사람은 하루를 12시간으로 산다.
이 중 누구의 삶이 풍요롭고 행복할까?
'지금 여기'에 주목해서 매 순간을 의미 있게 사는 사람,
하루를 48시간처럼 사는 사람이 그러할 것이다.
당신, 시간 부자가 되겠는가 시간 거지가 되겠는가?

시간을 절약하는 것은 생명을 연장하는 일이다

인생은 수영을 배우는 것과 같다

수영을 배울 때 가장 먼저 하는 것은 무엇인가?
당신은 실수를 할 것이다. 그렇지 않은가?
그리고 무슨 일이 일어나는가?
당신은 또 다른 실수들을 할 것이다.
당신이 하는 모든 실수들은 당신을 익사하지 않게 해줄 것이다.
그러한 과정은 여러 번 반복되고
그런 시행착오를 거치면 수영을 잘하게 될 것이다.

인생은 수영을 배우는 것과 같다.
실수를 두려워하지 마라.
어떻게 살 것인가를 배우는 방법은
그것 외에 없기 때문이다.

도전이 만드는 진짜 삶

삶은 끝없는 도전과 역경 속에서 완성된다.
역경에 맞서는 용기를 내는 것,
이것이 삶의 본질이다.

당신은 선택해야 한다.
역경에 응하면서 도전하는
진짜 삶을 살 것인지,
회피와 외면 속에서
가짜 삶을 살 것인지.

삶의 안전장치

너무
많은
안전장치가
있다는 것은
인생의
축복이 아니다

그저 '그 일'이 일어났을 뿐!

인생에는 즐거운 일도 있고 힘든 일도 있다.
용기와 자신감을 갖춘 사람은
인생의 어려움과 즐거움을 똑같이 대한다.
그들은 어려움이 닥쳐도
자신이 극복할 수 있다는 것을 잘 알기에
절대 두려워하지 않는다.
그들은 인생의 모든 문제와 직면할 준비가 되어 있다.

기쁜 일이든 힘든 일이든
'그저 그 일이 일어났을 뿐'이라고 생각하면
기쁘다고 지나치게 들뜨지도,
힘들다고 땅이 꺼질 듯 낙담하지도 않을 것이다.

기쁜일이든 힘든일이든
'그저 그 일이 일어났을뿐'이라고 생각하면
기쁘다고 지나치게 들뜨지도
힘들다고 땅이꺼질듯
낙담하지도 않을것이다

둘

행복을 쓰다

이웃을 사랑해야 할 이유

누가 나에게 왜 이웃을 사랑해야 하냐고 묻는다면
나는 어떻게 대답해야 할지 모를 것이다.
그리고 내가 그에게 물을 차례가 되면
왜 그런 질문을 해야만 하느냐고 물을 것이다.
그런 질문을 하는 사람은
협력하는 훈련이 되어 있지 않고
오직 자기만 아는 사람일 것이다.

슬픔을 잊는 방법

"어떻게 하면 이 고통에서 벗어날 수 있을까요?"
우울증과 불면증으로 고생하는 환자가 물었다.

"다른 사람을 기쁘게 만들어보세요.
자신이 할 수 있는 일이 무엇인지,
어떻게 하면 다른 사람이 기뻐할지 고민하고
그것을 행동에 옮기는 겁니다.
그렇게 하면 슬픈 생각이나 불면증이 없어지고
모든 일이 해결될 것입니다."

용기의 시작

인간은 자신이 누군가에게
도움을 주고 있다고 생각될 때
용기를 얻는다.

용기는 '베풂'에서 시작된다.

낮은 문을 통과하는 방법

낮은 문을 통과하는 방법에는 두 가지가 있다.
허리를 꼿꼿이 세워 통과하는 방법과
허리를 숙여서 지나가는 것.
허리를 꼿꼿이 세우고 문을 통과한다면,
낮은 문에 머리를 부딪칠 확률이 높다.
삶이 힘들고 괴롭다고 말하는 사람은
낮은 문을 지날 때 허리를 세우고 가다가
문에 머리를 부딪치는 유형이다.
이들은 자기 잘못은 생각하지 않고
오로지 문이 낮은 것만 탓한다.
그러나 이들이 머리를 문에 부딪친 진짜 원인은
허리를 숙이지 않은 자신에게 있다.

삶의 괴로움은
내 마음이 만든다

삶의 고단함이나 괴로움은
외부에서 기인하는 것이 아니라
바로 나 자신에서 비롯된다.
모든 괴로움은 내 마음이 만드는 것이다.
이는 마음의 모든 평화와 행복도
다 내 마음이 만든다는 것과 같은 말이다.

남은 삶의 행복은 당신에게 달렸다

지금까지의 당신 인생은
스스로 선택하고 행동하고 노력한 결과물이다.
어떤 사람들은 운이나 팔자가 인생을 만든다고 생각한다.
크게 노력하지 않았는데도 삶이 잘 풀린 사람이라면
운이 좋았다고 생각할 것이다.
나름대로 노력했지만 고단한 삶을 사는 사람이라면
팔자 탓을 할 것이다.
그러나 이는 틀린 말이다.
인생 행복의 질은 자신의 선택, 행동, 노력과 비례한다.
학교도 회사도 친구도 결국은 자신의 의지에 의해 스스로 선택한 것이다.

앞으로의 삶 또한 당신의 선택과 결정,
의지에 의해 만들어질 것이다.
앞으로의 삶이 행복할지 불행할지는
전적으로 당신 자신에게 달렸다.

앞으로의
삶이
행복할지
불행할지는
전적으로
당신 자신에게
달렸다

인생 목표가 없다는 것은

목표 없는 인생은 풍전등화와 같다.
목표가 없으면 작은 어려움만 생겨도
큰 풍랑을 만난 난파선처럼 갈팡질팡하게 된다.
반면 인생의 목표가 정확하다면,
어려움을 만났을 때 해결 방법을 찾아 극복하게 될 것이다.

인생 목표의 유무,
생각보다 무척 중요하다.

인생의 최종 목표

명확하지 않더라도,

인생의 최종 목표를 갖는 것은 무척 중요하다.

몇몇 사람들이 지닌 문제는

그 목표가 현실적이든 비현실적이든

어떠한 목표도 갖지 못한다는 점이다.

최종 목표가 분명해졌을 때,

하위 목표들은 보다 구체적이고 현실적인

실행 계획이 된다.

허구적 최종 목표

지구를 분할하는 자오선(子午線)은 실재(實在)하지 않지만
하나의 전제로서 중요한 가치를 갖는다.
마찬가지로 인간은 가상의 고정된 한 점(點),
허구적 최종 목표를 상정하고
그에 부합되는 것만을 체험한다.
가상의 한 점이 중요한 이유는
삶의 혼돈 속에서 방향을 잃지 않고
올바른 인식에 도달하도록 이끌어주기 때문이다.

허구적 최종 목표의 영향력은
미래가 아닌 현재에 있다.
우리가 그것을 의식하든 그렇지 않든
허구적 최종 목표는 현재의 삶
즉, '지금 여기'에 큰 영향을 주며
'지금 여기'의 삶을 잘 살도록 이끌어준다.

'지금 여기'의 중요성

한 사람의 전체 인생을 '집합'이라고 가정한다면,
인생의 순간들은 그 집합을 이루는 '원소'다.
만약 우리가 인생의 한순간을
의미 있고 행복하게 살지 않는다면,
'그 순간'은 원소로서의 의미를 잃게 될 것이다.
그런 원소들의 집합은 '공집합'이 된다.
당신의 인생이 공집합이 된다면,
말할 수 없을 만큼 허무해질 것이다.
우리가 '지금 여기'를
행복하게 잘 살아야 하는 이유다.

'지금 여기'를 잘 산다는 것

미래의 꿈을 위해 오늘의 행복을 저당 잡아도 안 되고
오늘의 안락함을 위해 미래의 목표를 방치해도 안 된다.

돈 버는 족족 흥청망청 쓰는 건
지금 여기를 위해 미래를 희생시키는 것이다.
노후자금을 마련한다고 돈을 지독하게 아끼는 것은
미래를 위해 지금 여기를 희생시키는 것이다.
돈을 버는 목적은
현재에도 물질적 부족함 없이 행복하고
미래에도 그러하기 위함이다.

현재도 미래도 희생시키지 않기 위해
'지금 여기'에서 주체적으로
행복한 삶을 살아가야 한다.

미래의 꿈을 위해 오늘의 행복을 저당 잡아도 안되고
오늘의 안락함을 위해 미래의 목표를 방치해도 안된다

목표나 꿈이 없다 해도 괜찮다

목표가 중요하다는 말이
목표에 과도하게 집착하거나
가능성 없는 허황된 꿈을 꾸라는 뜻은 아니다.
목표에 집착하면 과정이 주는 즐거움을 알지 못하며,
목표를 위해 정당하지 못한 수단을 동원할 수도 있다.
또, 허황된 꿈을 꾸다가 이루지 못하면
자신의 능력에 회의가 생겨 절망하게 된다.
목표를 가지되, 과정의 소중함을 알고
꿈을 꾸되, 당신이 서 있는 지금 여기에서 행복을 가꿔야 한다.

설령, 목표나 꿈이 없다 해도 괜찮다.
지금 여기를 행복하게 사는 당신의
순간순간, 하루하루가 모인다면
그 삶은 그 자체로 의미 있기 때문이다.

설령, 목표나 꿈이 없다해도 괜찮다
지금 여기를 행복하게 사는
순간순간, 하루하루가 모인다면
그 삶은 그 자체로 의미있기때문이다

프로이트에 반대한다

프로이트는 '인간을 규정하는 것은 과거이므로
스스로의 힘으로는 미래를 바꿀 수 없다'며
부정적 인간론을 펼쳤지만,
나의 생각은 다르다.
인간에게는 자기 결정권이 있으며
그 자신의 인생 목표에 따라 삶을 전개할 수 있다.
과거는 자신의 의지로 바꿀 수 없지만,
미래는 자신의 의지에 의해 꾸려질 수 있다.

트라우마는 중요하지 않다

어떠한 경험도 성공이나 실패의 원인이 되지 않는다.
우리는 '트라우마'라 부르는 과거 경험의
충격 때문에 고통받을 것이 아니라,
그 경험 속에서 자신의 목적에 맞는 것을 찾아내야 한다.

혼자서는 결코 살 수 없다

오늘날 인간에게 사회생활은 필수적이다.
공동생활과 노동 분담을 통해서만
인간은 생존을 계속할 수 있다.
혼자서는 결코 살아갈 수 없다.
무인도에서조차도.
그러므로 타인과 사회를 향한 관심,
즉 '사회적 관심'은 무척 중요하다.

사회적 관심의 대상

사회적 관심의 대상은 인류 그 이상이다.
동물과 식물 심지어 무생물과 같은
인간 이외의 것들에 대한 관심을 포함한다.
범위를 더욱 확장한다면 우주,
언젠가는 실현될 수 있는 이상적인 공동체,
현 인류의 다음 세대인 후세대들까지 포함한다.

사회적 관심이 결여된 사람

"그가 목표를 달성했을 때
그 외에는 이익을 보는 사람이 없고
그의 관심은 오직 자기 자신뿐이라면
그가 달성하고자 하는 목표는
개인적 우월에 지나지 않으며,
그의 성취는 자신에게만
의미 있을 뿐이다."

한 공동체에서 사는 사람이
자신의 이익만을 생각하고
남에게서 얻으려고만 한다면,
그리고 그런 사람들이 늘어난다면,
그 공동체는 지속적으로 유지될 수 없다.

공통의 이익과 복지 추구

사회생활의 올바른 판단을 위해 필요한 것은

보편타당한 관점을 갖는 것이다.

사회 공통의 이익과 복지를 위하는 일,

그것이 절대적으로 보편타당한 관점이다.

누구에게나 재능은 있다

모든 사람이 모든 면에서 우월할 수는 없다.
모든 사람에게 재능이 동등하게 주어진 것도 아니다.
다양한 재능을 많이 부여받은 사람이 있는가 하면,
뛰어난 재능이나 능력이 없어 보이는 사람도 있다.
그러나 재능이 전혀 없는 사람은
이 세상에 단 한 사람도 존재하지 않는다.
누구든 자신만의 재능을 갖고 있다.
다만 자신이 아직 모르고 있을 뿐이다.
그렇기 때문에 우리는 더 나은 나를 만들기 위해
나만의 방법을 찾아야 한다.

재능이 전혀 없는 사람은
이세상에
단한사람도 존재하지않는다

열등감을 대하는 태도

열등감을 긍정적인 태도로 대하면
목표 달성이라는 바람직한 보상을 얻게 될 것이다.
반대로 부정적인 태도로 대하면
'열등감 콤플렉스' 혹은 '우월감 콤플렉스'에 빠져
삶이 불행해질 것이다.

셋

행복을 새기다

인생의 세 가지 과제

인간은 살아가는 동안 세 가지 과제에 직면한다.

부모가 양육을 책임지는 동안에는 일을 안 해도 되지만,
성인이 되면 누구나 자립하고 일을 해야 한다.
또한 살아가면서 다양한 사람과 관계를 맺을 수밖에 없다.
그리고 누군가를 사랑하고 결혼하고 부모가 된다.
이것이 우리가 살아가면서 맞닥뜨리고 해결해 나가야 할
'일의 과제' '교우의 과제' '사랑의 과제'이다.

혼자만의 힘으로 할 수 있는 일은 아무것도 없다.
우리가 직면하고 해결해야 하는 인생의 모든 과제는
사회 관계망 안에서 생기는 것이며,
타인들과의 협력을 통해 비로소 완성된다.
결국 우리의 인생 목표는 그것이 무엇이든
개인으로서의 자립과 타인과의 관계를 통해 완성되는 것이다.

인생 과제와 삶의 만족도

인생의 과제를 잘 해결하느냐 못 하느냐에 따라
성공적인 삶인지 아닌지가 판가름 난다.
자신의 일에 충실하지 않고 친구도 거의 없으며
이성과의 관계에도 실패한 사람은 행복하다 말할 수 없다.
인생의 세 가지의 과제를 잘 해결하지 못했기 때문이다.

삶의 모든 고민은 인간관계에서 비롯된다

인생은 개인의 독무(獨舞)로는 완성될 수 없는 공연과 같다.
일, 사람들과의 교류, 가정을 꾸리는 일 등은
타인과의 교류 없이 혼자서 해낼 수 없다.
그러므로 인생의 과제를 수행하는 과정에서 발생하는
모든 일들은 결국 인간관계의 문제로 치환된다.
즉, 인생의 모든 고민은 인간관계에서 비롯된다.
삶의 고민을 해결하면서,
행복하고 성공적인 삶을 살기 위한 답은
바람직한 인간관계에서 찾을 수 있다.

행복하고 성공적인
삶을 살기 위한 답은
바람직한 인간관계에서
찾을 수 있다

아프지 않은 사랑을 하려면

남녀가 처음 만날 때는 상대방을 있는 그대로 보아야 한다.
처음에는 안 그랬는데 결혼 후 변했다며
속았다는 마음, 실망하고 미워하는 마음을 갖는 이들이 있다.
이것은 상대방의 잘못이 아니라,
그를 있는 그대로 보지 않은 나의 잘못이다.
나의 주관과 시각으로 그를 판단하고
내 입맛에 맞도록 각색한 나의 책임인 것이다.

내 주관과 시각을 벗고
그 사람을 있는 그대로 꼼꼼히 보면
그의 장점과 단점이 그 모습 그대로 보인다.
상대의 그런 단점마저 인정하고 수용할 것인지
결정한 다음에 만남을 시작해야
아프지 않은 사랑을 할 수 있다.

그가 변한게 아니다
그를 있는 그대로 보지않고
내 입맛에 맞도록
각색한
내 잘못이다

배우자로 택하면 안 되는 사람

약속 시간에 뚜렷한 이유 없이
늦게 나타나는 사람은 신뢰하지 마라.
그런 행동은 망설이고 주저하는 사람의 특징이고
인생 과제에 대한 준비가 덜 되어 있다는 신호다.

상대를 가르치려 하거나 비판하는 사람도 피해야 한다.
그는 자신의 열등감 콤플렉스를 감추기 위해 그러는 것이다.
상대를 진심으로 위한다면,
따뜻한 조언과 격려를 할 것이다.

친구가 전혀 없고 사교 모임에 잘 섞이지 못하는 사람도 곤란하다.
결혼 생활은 모든 인간관계 중에서도
가장 복잡하고 어려운 과정이다.
친구 관계의 과제를 수행하지 못하는 사람이
어찌 결혼 생활을 잘할 수 있겠는가.

사랑과 결혼의 과제에 필요한 것

사랑과 결혼의 과제는 오직 사회적 적응이
잘 된 사람들에 의해 해결될 수 있다.
결혼은 두 사람의 과업이다.
우리는 한 사람 혹은 여러 사람이 수행하는
과업에 대해서는 교육을 많이 받았지만
두 사람이 하는 과업, 특히 결혼에 대한 교육은 거의 받지 못했다.
그러나 두 사람이 각자의 성격적 결함을 인정하고,
평등의 정신으로 모든 일에 접근한다면
결혼의 과업을 잘 수행할 수 있다.

타인의 인생에 간섭하지 마라

우리는 종종 타인을 돕는다는 이유로 그들의 인생에 끼어든다.
그러나 타인의 인생에 간섭하는 이유는
그들에게 도움을 주기 위해서가 아니라,
그들의 삶을 지배하고 조종하려는 나의 욕망 때문이다.
진정으로 그들을 돕고 싶다면,
그저 지켜보면서 응원하고 격려하고
용기를 주어야 한다.

타인의 인생에 간섭하는 이유는
그들에게 도움을 주기위해서가 아니라
그들의 삶을 지배하고 조종하려는
나의 욕망 때문이다.

내 인생 과제를 타인에게 의존하지 마라

내 인생 과제에 다른 사람이 간섭하려 한다면,

설령 부모라 할지라도 단호하게 거절해야 한다.

내 인생의 주인은 나이고

과제를 수행하면서 삶을 꾸려가야 할 사람도

바로 나 자신이기 때문이다.

다른 이의 간섭을 받아들인다는 것은

삶을 주체적으로 살아갈 용기가 부족하다는 반증이다.

용기가 부족한 사람은 행복할 수도,

목표를 이룰 수도 없음을 잊지 말자.

과제를 분리하라

인간관계의 모든 문제는 타인의 과제에 간섭함으로써 생긴다.
과제를 분리하면 인간관계는 심플해지고 갈등도 적어진다.

공부를 열심히 하는 것은 아이의 과제이다.
부모가 공부하라고 잔소리하는 것은 아이의 과제에 개입하는 것이다.
공부를 하지 않아서 생기는 결과는 아이의 몫이지, 부모의 몫이 아니다.
직장에서 열심히 일하는 것은 아랫사람의 몫이다.
평가하고 승진 여부를 결정하는 것은 상사의 몫이다.
승진에서 누락되었다고 상사를 원망하고 항의하는 것은
상사의 과제를 인정하지 않는 것이다.

인간관계의 모든 문제는
타인의 과제에 간섭하기 때문에 생긴다

과제 분리는 무관심이 아니다

과제 분리를 타인에 대한 무관심으로 착각해선 안 된다.

당신의 과제가 아닌, 그의 과제임을 알게 도와주고 지켜봐주면 된다.

그가 과제를 수행하면서 도움을 요청하면 도움을 주면 된다.

그것이 당신의 과제이다.

내 인생의 주인공은 나 자신이고

자신을 변화시키는 것도 바로 나라는 것을 잊으면 안 된다.

내 인생의 주인공은
나 자신이고
자신을 변화시키는것도
바로 나라는것을
잊으면 안된다

신뢰란 무조건 믿어주는 것

사회적 관심은 '신뢰'를 기반으로 해야 한다.
상대방이 알아주기를 바라거나
내가 손해를 보면 어쩌나 하는 마음 없이
무조건 믿어주는 '진짜 믿음'에서 신뢰는 형성된다.

신뢰의 중요성

타인을 신뢰하면 그와 친구가 되고 소속감이 생긴다.
소속감은 태어나면서 선천적으로 주어지는 것이 아니라
스스로 획득하는 것이다.
타인을 라이벌이나 적으로 간주하면
그 집단에 소속되기 어려워지고
결국 사회에서 성공하기도 어렵다.

공헌과 희생은 다르다

희생은 나를 버리고 타인에게 최선을 다하는 것이다.

따라서 그에 따른 보상과 인정받고자 하는 욕구가 따른다.

공헌은 타인이 내게 무엇을 해주느냐가 아니라,

내가 타인을 위해 할 수 있는 것이 무엇인지를

생각하고 실천하는 것이다.

공헌은 자발적이며 대가를 기대하지 않는다.

타인을 위한 공헌은 자신에게 행복감을 안겨준다.

결국 타인을 위한 공헌은 자신의 행복을 위한 최고의 선물이다.

실천하라

실천의 중요성을 믿어야 한다.
삶은 말이 아니라
하나하나의 실천이 모여
풍요로워지고 완성된다.

결핍이 없으면 발전도 없다

지금 당신이 아무런 결핍도 느끼지 않는다면
더 나아질 필요 또한 느끼지 못할 것이다.
이는 '지금보다 더 나은 당신'을 만날 기회 또한 사라진다는 의미다.

결핍은 '지금보다 더 나은 당신'을 만날 기회

우월감 대신 우월한 존재

'우월감 콤플렉스'와 '우월을 향한 노력'은 다른 말이다.
지나친 우월감, 즉 우월감 콤플렉스는
'열등감 콤플렉스'와 같은 의미다.

정상적인 사람은 지나친 우월감을 갖지 않는다.
심지어 우월감조차 갖지 않고,
그저 우월한 존재가 되려고 묵묵히 노력할 뿐이다.
반면 '우월감 콤플렉스'에 빠진 사람은
강해지기 위해 노력하지 않고,
그저 강해 보이기 위해 노력할 뿐이다.
그의 행동 뒤에는 강한 열등감이 숨어 있다.

가장 가치 있는 싸움

우월성 추구는 경쟁이나 승리와는 차원이 다르다.
경쟁은 타인과 하는 싸움이지만,
우월성을 향한 노력은 자기 자신과의 싸움이다.
세상에서 가장 가치 있는 싸움은 자신과의 싸움이다.
자신과의 싸움보다 타인과의 경쟁에 몰두하는 사람은
타인의 행복은 자신의 패배로,
타인의 불행은 자신의 행복으로 여긴다.
그는 진정으로 불행하고 불쌍한 사람이다.

자기과시의 진실

지나친 자기과시는
열등감이 많다는 증거다.
다른 사람들과 정당하게 경쟁할 만큼
자신이 강하다고 느끼지 못하기 때문에
자기과시에 빠지는 것이다.

불완전할 용기

나는 환자에게 비판받는 것에 개의치 않는다.
나 역시 실수를 하는 인간이기 때문에
내 실수를 흔쾌히 인정한다.

실수를 두려워하지 마라.
우리에겐 스스로가 불완전하다는 것을 받아들일 용기가 필요하다.

실수를 두려워하지마라
우리에겐 스스로가 불완전하다는것을
받아들일 용기가 필요하다

진정으로 강한 사람

'나는 왜 이렇게 부족할까?'

'어떻게 해야 부족함을 없앨 수 있을까?'

백날 이렇게 생각하고 고민해봐야 부족한 부분은 없어지지 않는다.

완전해지려는 마음 때문에 오히려 더 괴로울 뿐이다.

우리는 불완전한 자신을 있는 그대로 받아들여야 한다.

자신의 부족한 모습을 인정하고 사랑해야 한다.

불완전함을 인정하는 용기를 가진 사람이

진정 강한 사람이다.

이 세상에 완전하고 완벽한 인간은 단 한 명도 없다.

넷

행복을 느끼다

자기완성을 위한 노력

삶 자체는 끊임없는 도전이다.
신체적. 정신적으로 건강한 삶을 위해
자신을 정확히 직시하여
부족한 면을 극복해 나가야 한다.
건강한 사람은
장점은 개발하고 단점은 보완하면서
자기완성을 위해 노력하는 사람이다.

상사와 대면하기 싫어서 만든 불안증

아침에 눈을 뜨면 불안증과 가슴 두근거림으로
출근 준비에 애를 먹는 사람이 있었다.
그 증상은 수년에 걸쳐 진행되었다.
불안증과 가슴 두근거림만 없으면
아침이 행복하고 회사 가는 길도 행복할 것 같았다.
이 증상은 몇 년 전, 새로 부임한 상사와 불화가 생기면서 시작되었다.
상담을 통해 그는 불안증 때문에 회사에 가기 힘든 것이 아니라
상사를 대면하기 싫어 자신이 불안증을 만들어냈다는 걸 알게 되었다.
아침에 눈을 떠 불안증이 시작되면
'아, 내가 상사를 보기 싫어하는구나, 회사에 가기 싫구나' 하면서
자신의 감정을 들여다보기 시작했고
오래지 않아, 그의 불안증과 가슴 두근거림은 사라졌다.

누군가 조급해한다면

자신이 어려움을 잘 극복할 수 있다는 것을
아는 사람은 조급해하지 않는다.
반면, 끊임없이 움직이거나 고집을 부리거나 안달하는 사람은,
열등감에 빠진 사람이라고 결론 내려도 좋다.
조급해하는 사람은
필요한 것을 성취하기 어렵다.

행복을 위해 할 수 있는 최대의 노력

인간은 불완전한 존재이며
개인의 능력에는 한계가 있다.
누구든 혼자의 힘으로 목표를 달성할 수는 없다.
생명을 유지하는 일조차
혼자 힘으로는 불가능하다.
따라서 개인의 행복과 인류의 행복을 위해
우리가 할 수 있는 최대의 노력은
사람들과 더불어 살아가는 일이다.

더불어 사는 삶,
행복

가치 결정의 기준

한 사람의 가치를 결정하는 기준은
그가 속한 사회에서
그에게 부여된 역할 분담과 분업을
얼마나 성공적으로 수행하느냐에 달려 있다.

용기 회복

문제 해결을 망설이는 사람들은
능력이 없어서가 아니라,
맞설 용기가 없어서 그러는 것이다.
그들에게 지금 필요한 것은
잃어버린 용기를 회복하는 일이다.

격려의 힘
격려는 긍정의 힘과 용기를
이끌어내는 과정이다.
'나는 할 수 없어'라는
인생관을
'나는 할 수 있어'로
바뀌도록 돕는 것이
바로 격려의 힘이다.

격려의 말

누군가를 격려할 때 결과에 대한 가치 판단의 말은 피해야 한다. 격려의 말은 상대방의 노력에 대한 인정, 확신 등을 내포해야 한다.

"당신의 일 처리 방식이 맘에 들어요."
"문제를 해결하려고 노력하는 당신의 모습이 정말 보기 좋아요."
"당신이 그 일을 잘할 수 있을 거라 믿어요."
"나는 당신의 판단을 믿어요."
"많은 도움을 줘서 고맙습니다."
"당신의 사려 깊음에 감사합니다."
"당신의 도움이 필요합니다."
"열심히 노력하고 있군요."

"너는
그 일을
잘할 수 있을 거야~"

칭찬은 용기 부여가 아니다

칭찬이 용기를 불어 넣는 좋은 방법이라고 생각하지만,
그것은 사실이 아니다.
칭찬은 보상적 개념이기 때문이다.
칭찬을 하면 또 칭찬을 받기 위해
칭찬받을 일만 하게 된다.
즉, 자신이 진정으로 원하는 일이 아니라
타인의 관점에서 칭찬받을 일만 하게 된다.
이것은 삶의 주인공 자리를
내가 아닌 타인에게 내주는 것이다.

칭찬은 수직 관계에서 이뤄진다

상대가 당연히 할 수 있는 일을 했을 때
우리는 칭찬하지 않는다.
내심 잘 해내지 못할 거라 생각한 일을
해냈을 때 칭찬을 한다.
즉, 칭찬은 능력 있는 사람이
능력 없는 사람에게 내리는 가치 판단이고 평가다.
또한 칭찬은 상하 관계에서 이뤄진다.
아랫사람이 윗사람한테 칭찬하는 것은
예의에 어긋난다.
윗사람이 아랫사람에 대해
조종이나 개입의 의도를 가지고 하는 것이 칭찬이다.

누군가에게 용기를 주고 싶다면,
칭찬이 아닌 격려와 감사의 말을 해야 한다.

불행으로 타인을 지배하기

자신이 불행하다고 여기는 사람은
타인을 지배하기 위해
자신의 불행을 무기로 삼는다.
자신이 얼마나 불행하고 괴로운지를 알림으로써
타인을 걱정시킬 뿐만 아니라
그들의 말과 행동을 속박하고 지배한다.
그들이 지배력을 계속 유지하기 위해서는
지속적인 불행이 필요할 수밖에 없다.

만약 ~했더라면

열심히 살지 않는 사람은
변명을 좋아한다.
'돈 많은 부모 밑에서 태어났더라면……'
'키가 좀 더 컸더라면……'
'더 좋은 대학에 갔더라면……'
자신의 현실을 회피하고 외면하기에
이 얼마나 좋은 핑계거리인가.

목표는 행동으로 표현된다

그 사람의 행동이나 행위를 알면
그 사람의 목표를 알 수 있다.
그 사람의 목표를 모르면
그 사람의 행동이나 행위를 이해할 수 없다.

인간을 이해한다는 것

인간을 이해하기 위한 첫 걸음은
지나친 교만과 자만을 버리는 것이다.
또한 겸손해야 한다.

내 마음속에 교만과 자만,
고정관념과 선입견이 가득하다면
상대방을 이해하기 어렵다.
내 생각과 관점을 내려놓고
겸손한 마음으로 상대를 바라볼 때,
비로소 그 사람이 보인다.
그래야 상대방을 인정하고 이해할 수 있게 된다.

내 생각을 내려놓고
상대를 있는 그대로 보기

대인 관계 실패의 원인

어떤 사람과의 관계가 원활하지 않다면

그 실패의 원인은

인간에 대한 이해 부족에 있다.

사람이 사람을 이해하지 못하면 서로 무관심해지고

진심으로 대화하지 않으며,

결과적으로 화합하지 못한다.

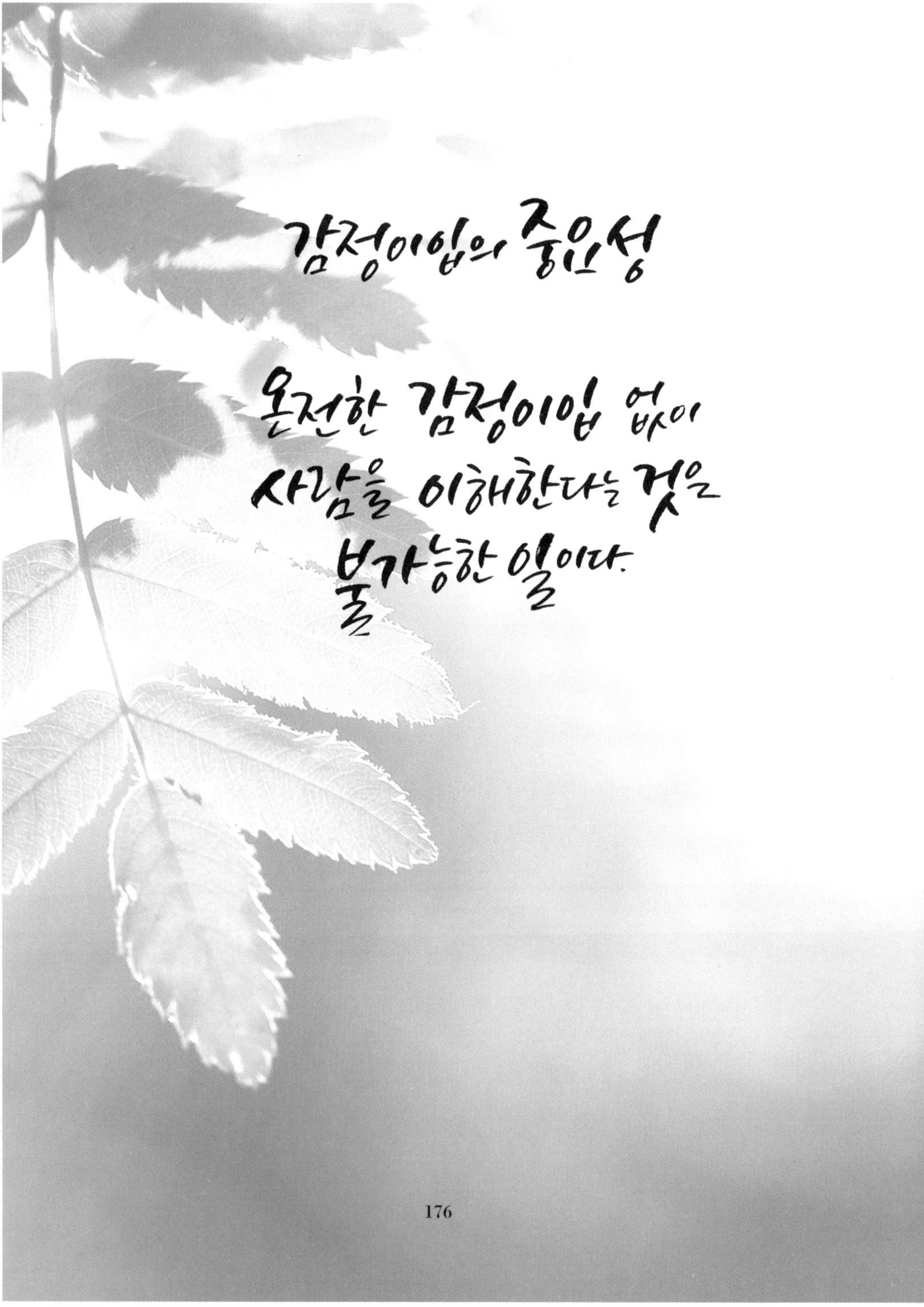

감정이입의 중요성

온전한 감정이입 없이
사람을 이해한다는 것은
불가능한 일이다.

트라우마는 해결책이 아니다

인간은 과거에 얽매이면 안 된다.

과거 경험이나 트라우마는

사건을 설명해줄 수는 있어도

해결책은 될 수 없다.

자신이 목표하는 미래가 자신을 규정한다.

열등감, 어떻게 다뤄야 할까?

열등감을 핑계로 인생 과제를 외면하고
회피하는 겁쟁이가 많다.
그와는 반대로,
열등감을 발판 삼아
인생 목표를 달성하고
인류 발전에 이바지하는 사람 또한
수없이 많다.

열등감을 어떻게 해석하고 다루느냐에 따라
개인의 미래는 180도 달라진다.

열등감을
어떻게 해석하고
다루느냐에 따라
개인의 미래는
180도 달라진다

포기란 없다

인간은 본능적으로 포기를 싫어한다.

정상적인 사람은 포기하지 않는다.

역설적이지만,

무엇인가를 포기하려는 사람의 내면에는

더 간절한 투쟁 욕구가 있다.

실패의 원인

자기 자신밖에 모르는 사람은

인생의 많은 부분에서 실패를 거듭하게 된다.

다섯

행복이 솟다

공감은 상대의 관점에서 이해하는 것

용기를 줄 때 '공감'은 매우 중요하다.
공감이란 상대방의 눈으로 보고,
상대방의 귀로 듣고, 상대방의 마음으로 느끼는 것이다.
그러나 우리는 종종 실수를 한다.
공감한다며 동정을 하고,
내가 보고 듣고 느낀 것을 상대에게 적용하면서
공감했다고 착각할 때도 있다.
이것은 공감을 빙자한 '강요'다.

공감이란 상대방의 눈으로 보고,
상대방의 귀로 듣고,
상대방의 마음으로 느끼는 것

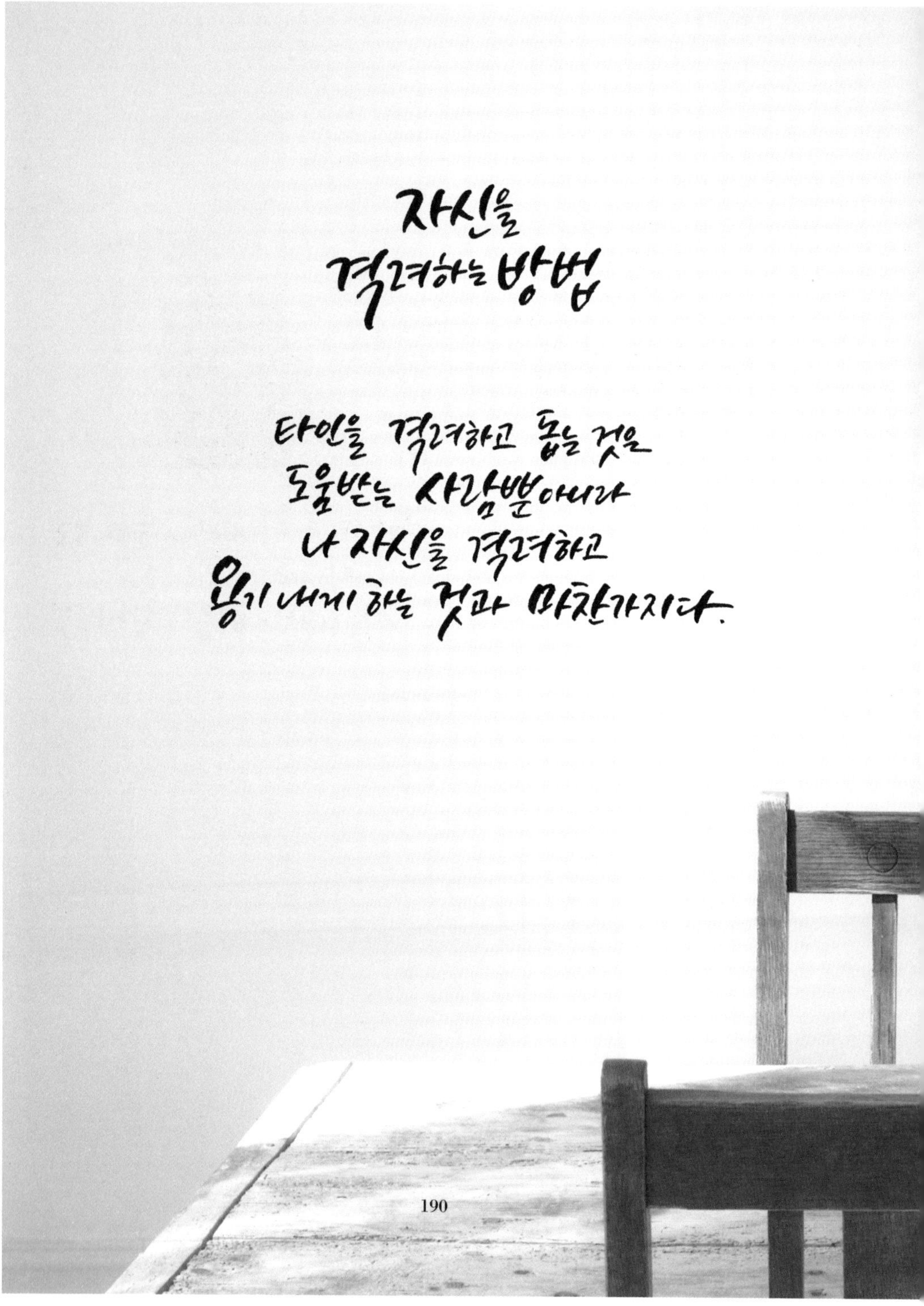

자신을 격려하는 방법

타인을 격려하고 돕는 것은
도움받는 사람뿐 아니라
나 자신을 격려하고
용기 내게 하는 것과 마찬가지다.

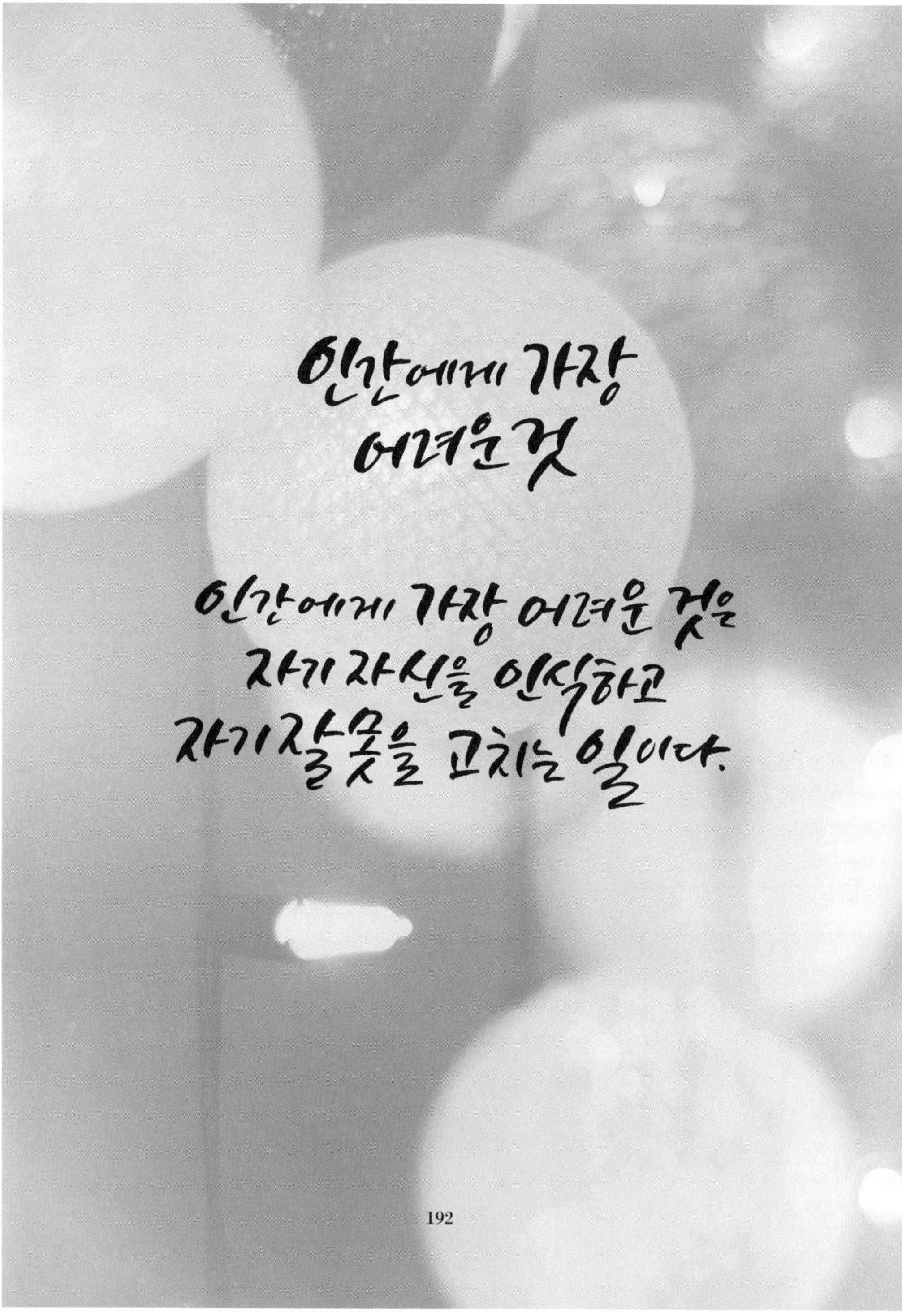

인간에게 가장 어려운 것

인간에게 가장 어려운 것은
자기 자신을 인식하고
자기 잘못을 고치는 일이다.

진정한 도움은 대가를 바라지 않는다

타인에게 도움이 되는 일을 하면
마음속에 두 가지 생각이 자라난다.
'내가 좀 괜찮은 사람이구나' 하는 자기 신뢰와
다른 사람들에게 감사나 칭찬을 받고 싶고
인정받고 싶고 생색내고 싶은 욕구가 그것이다.
그러나 진정한 도움은 그 어떤 보상 없이도
스스로 보람을 느끼는 것이어야 한다.
상대에게 인정과 칭찬을 받아야만 흡족하다면,
그것은 내가 내 마음의 주인이 아니라는 증거다.

다른 사람이 인정해주지 않아도
묵묵히 내 길을 가는 것,
그것이 진정한 주인 된 삶이다.

다른 사람이 인정해주지 않아도
묵묵히 내 길 가기

있는 그대로 보고 받아들이기

자기 자신을 알고 이해하고 수용한다면,
놀라운 결과를 만나게 될 것이다.
자신의 장점과 단점을 있는 그대로 보고
이해하고 받아들인다면,
당신은 예전의 습관, 말, 행동을 멈추고
행복한 삶을 살게 될 것이다.

진심으로 변화를 원한다면
백 번 각오하고 다짐하는 것보다
한 번 제대로 알고 깨우치는 것이 중요하다.

자기 수용은 자기 긍정과는 다르다

자기 긍정은 할 수 없음에도 불구하고
할 수 있다고 주문을 거는 것이다.
그러면 자신의 장점에만 주목하고
단점은 외면하게 된다.
반면, 자기 수용은 자신의 단점과 부족한 점까지
있는 그대로 받아들이고,
할 수 있을 때까지 노력을 멈추지 않는 것이다.
나를 바꿀 수 있는 용기를 내는 것이
자기 수용의 진정한 목적이다.

자기수용은
단점까지
있는 그대로 받아들이고
바꿀 수 있다는
용기를 내는 것

아이들의 인정 욕구

아이들은 어른들에 비해 자신이 열등하다고 느낀다.
그렇기에 인정 욕구 없이 성장하는 아이는 하나도 없다.
아이의 성격이 부모의 성격과 비슷한 것은
부모에게 인정받으려는 노력의 결과다.

과한 인정 욕구는 자신을 망친다

인정 욕구는 자연스러운 것이지만
과하면 스스로를 망친다.
타인의 인정과 평가에 좌우되는 삶은
내 삶이 아닌,
타인의 인생을 사는 것이기 때문이다.

인정 욕구는 다른 사람도 괴롭힌다

인정 욕구가 과한 사람은
자신의 가치 기준으로 타인을 판단하고 평가한다.
내 마음에 드는 행동을 하면 좋은 사람이고,
그렇지 않으면 나쁜 사람이라고 간주하는 것이다.
그뿐 아니라 타인의 삶에 개입해서
남의 인생의 주인 노릇을 자신이 하려고 한다.

인정받기를 바라는 마음은
자신을 위해서도 타인을 위해서도 버려야 한다.
인정 욕구를 버린다는 것은
내 인생의 주인은 나,
타인 인생의 주인은 그 사람임을 인정하는 것이다.

인정욕구를 버린다는것은
내 인생의 주인공은 나,
타인 인생의 주인공은 그사람임을
인정하는것

목표는 당신이 선택했다

인생의 목표는 자신의 의사에 따라 선택된다.
선택은 경험을 통해 이루어지며
자신조차 그 선택이 어떤 연유로 이루어졌는지
확실하게 파악하지 못하는 경우가 많다.
그러나 선택한 사람은 자기 자신이고
그 선택에 자신의 의사가 작용했음은 분명하다.
사람은 자신이 선택한 목표를 전제로 행동하고 감정을 품는다.

사람은
자신이 선택한
목표를 전제로
행동하고 생각한다

목표가 바뀌면 인생이 바뀐다

우리가 바꿀 수 있는 것은 자신의 구체적인 목표뿐이다.
목표가 변하면 정신적 습관이나 태도도 변한다.
낡은 습관이나 태도는 필요 없어지고,
새로운 목표에 적합한 새로운 것이
낡은 것을 대체하게 될 것이다.

목표가 바뀌면 인생이 바뀐다

생활양식은 스스로 선택한 것

유년기에 형성된 개인의 생활 태도, 생활 방식,

삶에 대한 사고와 행동의 경향,

인생 목표와 목표 달성을 위한 태도 등을 생활양식이라 부른다.

좁게는 성격에서 넓게는 세계관, 인생관까지 포함한다.

세 살 전후 형성되기 시작해 열 살쯤 완성된다.

대부분의 사람들은 기질이나 성격이

성장 배경 또는 환경에 영향을 받아

본인의 의사와 상관없이 주어지는 것이라 생각하지만,

사실은 스스로 선택한 것이다.

물론, 처음은 무의식적 선택으로 시작된다.

그러나 성장기를 거치면서

자신의 목적에 부합되는 것을 선택한다.

생활양식이 본인의 선택이라면

잘못된 생활양식을 가진 사람은

다시 선택하는 것도 가능하다.

유지하는 것도 다시 선택하는 것도

결국 자신의 의지이다.

잘못된 생활양식을 바꿔야 하는 이유

행복한 인생을 사는 사람의 생활양식은
공동체의 상식과 완벽히 일치한다.
개인적 논리에만 빠져 잘못된 생활양식을 가진
사람은 행복해질 수 없다.
그러나 이들은 생활양식이 잘못되었음을 의식하지 못하며
설령 조언을 하더라도 바꾸려 하지 않는다.
현실과 진실을 왜곡해서라도
자신이 옳다고 믿으려 한다.
익숙함이 주는 편안함과
새로운 것에 대한 두려움, 불안 때문이다.
그러나 잘못된 생활양식을 바꾸지 않는다면,
더 힘들고 불행한 삶을 살게 될 것이다.

삶의 방식은 혼자 바꾸기 힘들다

인생의 의미가 처음부터 잘못 부여되었다면,

어떤 계기로 그릇된 해석을 하게 되었는지 되짚어보아야 한다.

그러나 잘못된 인식 체계를 갖고 있는 사람이

외부적 영향 없이 스스로 변화하기란 매우 힘든 일이다.

그는 자신의 방식을 바꿔야만

만사가 잘 되리라는 것을 알지 못하기 때문이다.

그러므로 근원적 잘못을 발견하는 일에 협력할 수 있고

더 적절한 의미를 찾아줄 수 있는

사람의 도움을 받아야 한다.

성격도 바꿀 수 있다

사람의 성격은 절대 변하지 않는다고
주장하는 사람들이 있지만
이것은 틀린 말이다.
잘못된 의미를 개선하기 위해
인생에 보다 협력적으로 대처하고
보다 용기를 내도록 훈련한다면,
성격도 변할 수 있다.

행복해질 용기

행복해지기 위해서는 용기가 필요하다.
변함으로써 생기는 불안을 선택할 것이냐
변하지 않아서 따르는 불행을 선택할 것이냐
그것은 자신의 의지 영역이다.
행복해지고 싶으면, 행복해질 용기를 가져야 한다.
지금 바로 결심하면 된다.

슬픔을 선택할 용기

우리에게는 행복을 선택할 용기뿐 아니라
슬픔을 선택할 용기도 있다.

피할 수 없으면 즐기라는 말이 있다.
어차피 슬퍼야 할 일이라면
그 슬픔을 외부로부터 받을 것이 아니라
스스로 선택하는 것이 좋다.
내가 선택하면 감당할 힘이 생기지만
외부로부터 받으면 감당하기 버거워지기 때문이다.

행복의 주관자는 당신 자신이다

부정적인 생각은 부정적인 삶을 만든다.
긍정적인 생각은 긍정적인 삶을 만든다.
불행한 사고는 불행한 인생으로 이끈다.
행복한 사고는 행복한 인생으로 이끈다.

행과 불행,
이 모두는 나에게서 기인하여
나에게로 돌아온다.
행복의 주관자는 신도 아니고 팔자도 아니다.
바로 당신 자신이다.

당신의 법칙은 당신이 만든다

인간은 스스로
자신의 법칙을 만든다.

당신의 법칙은 무엇입니까?

낮은 자리에서 실천하며 자신만의 이론을 만들다

알프레드 아들러(Alfred Adler)는 1870년 오스트리아 빈 근교의 유태인 가정에서 태어났다. 아버지와는 사이가 좋았지만 어머니와는 그다지 좋은 관계가 아니었다고 한다. 그런 개인적 경험에 비추어볼 때 프로이트의 오이디푸스콤플렉스를 수용하기 어려웠을 것이다. 여섯 형제 중 둘째였던 그는 동생이 디프테리아에 걸려 한 살에 죽고, 자신 또한 다섯 살 무렵 폐렴으로 죽을 위기를 겪으면서 의사가 되겠다고 결심했다.

열아홉 살이던 1888년에 빈 대학 의학부에 입학, 1895년에 졸업했다. 아들러가 대학에 다닐 때 프로이트가 빈 대학에서 신경증 강의를 했지만, 당시 정신과 과목은 의학부의 필수 과목이 아니어서 아들러는 프로이트의 수업을 들은 적이 없다. 따라서 아들러가 프로이트의 제자라고 알려진 것은 사실과 다르다 할 수 있다.

대학 시절 만난 러시아 출신 라이사 엡스타인과 교제하며 사회주의를 공부했고, 대학 졸업 2년 후인 1897년에 그녀와 결혼했다. 1904년 유대교에서 개신

교로 개종을 했는데, 유태인만 구원을 받아 천국에 간다는 운명론적 관점이 그의 사상과 맞지 않아서였던 것으로 보인다. 대학 졸업 후 안과와 내과 의사로 일하던 아들러는 1910년에 정식으로 정신과 의사가 되었다. 그는 부자보다는 가난한 사람들의 치료를 더 중시했으며, 건강이나 질병이 사회적인 요인과 어떤 관계가 있는지를 연구하는 '사회 의학'에 관심이 많았다.

아들러와 프로이트의 만남과 결별에 대해서 여러 설이 있지만, 프로이트가 아들러를 '수요 모임'에 먼저 초대한 것은 분명하다. 이 모임이 후에 '빈 정신분석학회'로 발전했고 아들러가 1910년 초대 회장을 역임했다. 그러나 곧 둘 사이에 학설상의 대립이 나타나기 시작했다. 신경증의 근거로 리비도가 아닌 열등감을 강조하는 아들러를 프로이트가 인정할 리 없었기 때문이다. 아들러는 빈 정신분석학회를 탈퇴하고 1912년 '자유정신분석학회'를 설립했으며, 이듬해에 '개인심리학회'로 이름을 바꿨다.

제1차 세계대전이 일어나자, 아들러는 44세의 나이에도 불구하고 군의관으로 자원 입대해 육군병원 신경정신과에서 군인들을 돌보았다. 전쟁 후에는 러시아 혁명의 현실을 보며 사회주의에 실망, 정치 개혁보다는 육아와 교육의 사회적 역할에 관심을 가지게 되었다. 그는 공립학교 내에 아동 상담소를 설립하고 아동 상담뿐만 아니라 교사, 상담사 등을 훈련시켰다.

나치즘의 대두로 유태인 박해가 시작되자 아들러는 1926년부터 활동 거점을 미국으로 옮기기 시작했다. 1928년에는 컬럼비아대학의 초대로 출강했고, 1932년 롱아일랜드 의과대학 교수가 되자 1935년에 가족과 함께 미국으로 완전히 이주했다. 1937년 5월 28일 스코틀랜드 아바딘에서 강연 준비 중 심장발작으로 쓰러져 병원으로 이송 도중 사망했다. 그의 나이 67세였다.

아들러뿐만 아니라 아들러 학파 대부분은 유태인이었다. 아들러는 생전에 나치 수용소에 수감된 적이 없지만, 아들러 학파 대부분은 수용소로 보내졌다. 아들러의 수제자 루돌프 드레이커는 미국 시카고를 중심으로 아들러 심리학을 널리 알리는 데 큰 공헌을 했다. 아들러 심리학은 미국뿐 아니라 전 세계적으로 실천되고 있다. 우리나라에서도 심리학과 교수들을 중심으로 꾸려진 '한국아들러연구회'와 '한국아들러상담연구회', 아들러 심리학을 근간으로 부모 교육과 일반인 코칭 및 상담 프로그램을 운영하는 '㈜아들러 코리아' 등이 아들러 심리학을 대중적으로 보급하기 위해 꾸준히 활동하고 있다.

모든 사람을 위한 심리학

"나의 심리학은 모든 사람을 위한 것입니다."

이 말은 '뉴욕의사회'가 아들러 심리학을 정신과 치료에 적용하기 위해 아들러에게 강연을 제안하면서 '의사에게만 강의하고 일반인에게는 강의하지 말라'는 조건을 내걸자, 아들러가 그 제안을 거절하면서 한 말이다. 아들러는 자신의 이론이 몇몇 전문가뿐 아니라 일반인들의 삶에도 도움이 되길 바랐다.

아들러 심리학을 '개인 심리학'이라고 한다. 여기에서 말하는 '개인'은 '개인적이다' '사회적이다'라고 할 때의 '개인'이 아니다. 아들러는 인간을 그 자체로 더 이상 쪼갤 수 없는 통일되고 전체적인 존재로 보았다. '나'라는 한 '개인'은 정신과 육체, 이성과 감성, 의식과 무의식이 통합되고 상호작용하며 서로 보완하는 과정을 통해 인간적 완성을 이뤄가는 존재다. 이런 '나'는 내 인생과 세상에 의미를 부여하고 살아간다. 내가 어떤 의미를 부여하느냐에 따라 내 인생의 의미가 달라지고, 내가 속한 사회의 의미가 달라진다. 내가 인생을 긍정적이고 희망적으로 대하면 그 삶은 긍정적이고 희망적인 삶이 되는 것이다.

또한 아들러는 인간을 원인론적 존재와 결정론적 존재가 아닌 미래지향적인 목적론적 존재로 보았다. 과거의 경험이나 성장 환경 등에 영향을 받고 그것에 발목 잡힌 채 영원히 과거를 살아야 하는 '슬픈 존재'가 아니라, 자신의 운명을 스스로 창조할 자유와 힘을 가졌고, 앞으로 다가올 삶의 목표를 이루고자 현재의 삶에 노력을 다하는 목적론적 존재라고 주장하는 것이다.

그러므로 아들러에게 있어 인간은 긍정적이고 낙관적이며 주체적이고 창조적이다. 인간을 비관적이고 수동적이며 운명론적 존재로 보았던 프로이트와 큰 차이를 보이는 부분이다.

키가 작고 못생긴 데다 구루병과 폐렴까지 앓았던 아들러는 개인과 사회 발전에 '열등감'이 매우 중요한 요인이라고 주장한다. 개인이나 사회는 자신의 부족한 부분, 열등감과 결핍을 인지하고 그것을 극복하며 발전 가능한 방향으로 나아가기 위해 노력한다. 이러한 과정을 통해 개인은 자기완성과 자아실현을 이루고, 사회의 문화와 기술은 발달한다.

개인이나 사회는 기본적으로 열성과 결핍을 가지고 있기 때문에 혼자의 힘으로는 발전할 수 없다. 서로 협력하고 공동의 이익을 추구하는 활동을 할 때 자신의 이익과 행복도 실현할 수 있다. 사회가 다변화되고 발전할수록 자기중심적이고 자기 이익만 중시하는 사람은 버텨내기 어려운 것은 당연하다.

이렇듯 사회 속에서 살아가야 하는 인간에게는 평생에 걸쳐 이루어야 할 세 가지 인생 과제가 있다고 한다. 일의 과제, 친구의 과제, 사랑의 과제다. 이 과제들을 잘 수행하면 행복한 삶을 살고 있다 말할 수 있다. 과제의 면면을 들여다보면, 일을 하든 친구를 사귀든 사랑하고 결혼을 하든, 타인과 관계되지 않는 것은 하나도 없다. 즉 인생 과제를 수행하고 해결하며 삶을 살아간다는 말은 인간관계를 올바르게 정립하고 그 안에서 발생하는 문제들을 잘 해결하며 살아간다는 말과 같다. 즉, 인생의 모든 문제는 결국 인간관계에서 비롯된다는 말이다.

한 개인의 삶에 지대한 영향을 미치는 요인 중 하나인 생활양식은 열 살 전후 완성된다. 생활양식이란 개인의 생활 방식, 사고방식, 행동 양식, 인생 목표, 목표를 달성하기 위한 태도, 세계관, 인생관 등을 포함하는 것으로 자신의 목적에 부합되는 것을 선택하는 과정에서 형성된다. 바람직하지 못한 생활양식을 가진 사람은 삶 자체도 부정적일 수밖에 없다.

생활양식은 스스로 선택한 것이기 때문에 수정하고 변화시키는 것도 자신의 의지로 가능하다. 이때에 용기가 필요하다. 용기를 불어넣어 '할 수 없다'를 '할 수 있다'로 변화시키는 과정을 격려라 한다. 격려는 타인에게 할 수도 있고 자기 스스로에게 할 수도 있다. 격려를 통해 용기를 불어넣을 수 있는 사람은 그 자체로 행복하고 자유롭고 주인 된 삶을 살아간다.

아들러는 인간의 모든 행동과 감정에는 목적이 있다고 했다. 이 목적은 삶의 원동력이다. 또한 인간은 의식하지 못하더라도 삶의 최종적인 목표를 상정하고 그것에 부합되는 행동과 일을 하면서 살아간다고 했다. 최종 목표는 미래에 이루어지지만 그 영향권은 현재에 있다.

현재를 잘 살면 삶의 마지막 마무리도 잘 하게 된다. 삶의 한 순간 한 순간이 모여 인생 전체가 되는 것이기 때문이다. 그러므로 자신의 삶 전체를 행복하고 의미 있게 살고자 한다면, '지금 여기'를 행복하게 그리고 의미 있게 살아야 한다.

읽고 참고한 문헌

《상담심리학의 이론과 실제》(2005) 노안영 저, 학지사

《아들러 상담이론과 실제》(2005) Thomas J. Sweeney 저, 노안영 외 공역, 학지사

《개인심리학 상담 원리와 적용》(2011) 노안영 외 공저, 학지사

《애들러 상담이론》(2001) 로버트 윌리암 런딘 저, 노안영 외 공역, 학지사

《삶의 여행: 상담 이론의 개관》(1998) 노안영 저, 중앙적성출판사

《미움받을 용기》(2014) 기시미 이치로 외 공저, 진경아 역, 인플루엔셜

《아들러 심리학을 읽는 밤》(2015) 기시미 이치로저, 박재현 역, 살림출판사

《인생에 지지 않을 용기》(2014) 알프레드 아들러 저, 오구라 히로시 편, 박미정 역, 와이즈베리

《아들러가 가르쳐주는 용기의 심리학》(2015) 나카노 아키라 저, 손영석 역, 스타북스

《아들러 심리학 입문》(2014) 알프레드 아들러 저, 김문성 역, 스타북스

《아들러 심리학 활용》(2015) 알프레드 아들러 저, 김문성 역, 스타북스

《인간이해》(2009) 알프레드 아들러 저, 라영균 역, 일빛

《삶의 과학》(2014) 알프레드 아들러 저, 정명진 역, 부글북스

《항상 나를 가로막는 나에게》(2014) 알프레드 아들러 저, 변지영 역, 카시오페아

《THE NEUROTIC CONSTITUTION Outlines of a Comparative Individualistic Psychology and Psychotherapy》(2014) Alfred Adler

《Adler Speaks》(2004) Karen Drescher & Mark Stone

《The Individual Psychology of Alfred Adler》(1964) Heinz L. Ansbacher & Rowena R. Ansbacher

《Understanding Life》(2009) Alfred Adler & Colin Brett

《Understanding Human Nature》(2009) Alfred Adler & Colin Brett

《What Life Should Mean To You》(2010) Alfred Adler & Ludwig Hain

http://www.alfredadler.edu

http://www.alfredadler.org